DISCOURS

PRONONCÉS
DANS L'ACADÉMIE
FRANÇOISE,

Le Jeudi XXVI Février M. DCC. LXXXIX,

A LA RÉCEPTION

DE M. LE DUC DE HARCOURT.

A
L'IMMORTALITÉ

A PARIS,

Chez Demonville, Imprimeur-Libraire de l'Académie
Françoise, rue Chriſtine, aux Armes de Dombes.

M. DCC. LXXXIX.

A
L'IMMOR
TALITÉ

M. le Duc DE HARCOURT ayant été élu par Messieurs de l'Académie Françoise, à la place de M. le Maréchal-Duc DE RICHELIEU, y vint prendre séance le Jeudi 26 Février 1789, & prononça le Discours qui suit.

MESSIEURS,

IL ne convient pas de se présenter dans ce Sanctuaire des Muses, de prétendre être agrégé à cette assemblée célèbre, que le mérite, le génie, la science & les talens rendent aussi imposante que respectable, sans s'être annoncé par des travaux utiles à la Nation, à la Littérature ; sans avoir contribué à l'instruction de l'Europe, & payé à la société le tribut de ses veilles qu'elle a droit d'exiger en échange de son estime. Tout homme dont la vie est inutile doit rester écarté, inconnu, indifférent ;

A ij

mais celui qui fe dit, non fans effroi : La France attend beaucoup de moi, vient vous dire qu'il attend plus de vous. Oui, MESSIEURS, il vous eft ordonné par le patriotifme de me recevoir parmi vous, de me communiquer vos lumières, d'ajouter à mes foibles moyens, pour former un homme que fa haute deftinée doit appeler à influer fur l'Univers. C'eft ainfi que fe juftifie mon ambition d'occuper la place dont vous avez bien voulu m'honorer.

La reconnoiffance due au Roi, Fondateur de cette Académie, qu'elle a acquittée inceffamment depuis par fon utilité, vous preffe en ce moment ; les Sages, les Profeffeurs de la faine Philofophie fe livreront, s'affocieront à mes fonctions auguftes : c'eft ici que font mes exemples & mes leçons. L'étude de la vertu, celle de la morale pure, de l'humanité, des devoirs de l'homme envers l'homme, font les élémens de la fcience de les gouverner. Quand le cœur eft développé, réglé par ces principes ; quand l'ame eft échauffée par le défir, le befoin, & enfin la connoiffance du bien, aifément l'efprit s'étend & embraffe les moyens d'y parvenir : il part de ces bafes immuables & fûres, pour s'élever à la politique, à l'adminiftration ; le génie, alors ardent à s'élancer vers les grandes combinaifons, dirige le jugement, s'empare de la conduite, & fonde la réputation du Prince fur le bonheur de fes fujets ; il eft jufte, il eft aimé, il eft heureux : & quelle Nation plus ouverte que la nôtre à l'amour de fon Souverain, récompenfe avec autant de chaleur, d'enthoufiafme, le bienfait fi attendriffant de fa félicité ? Avec quelle follicitude & quelle agitation je fixe mes regards fur ce germe qui contient peut-être le fort de tant de millions d'hommes,

& dont le développement dépendra également de la nature & de l'éducation ! Je me raffure fur la bonté, la vertu, l'union qui forment le caractère invariable de la Maifon royale : trois Princes qui, depuis leur enfance, n'ont jamais altéré cette cordialité fraternelle, le premier bien des hommes, & fur-tout des Souverains ; fix Princeffes qui partagent ces fentimens, dans un fiècle où les devoirs de la Nature font fi fouvent méconnus ou affoiblis, offrent un exemple bien rare dans les Cours, & bien attendriffant. On les voit fe réunir journellement dans l'intérieur de leur famille, & vivre pour le bonheur commun ; on les voit exerçant dans le filence une bienfaifance éclairée, d'autant plus louable qu'elle eft plus ignorée, d'autant plus eftimable que l'humanité fouffrante les environne, fans ofer fe montrer à leurs cœurs compatiffans.

Je ne puis vous annoncer que des efpérances ; mais un naturel charmant, une fenfibilité douce, la jufteffe des idées, la facilité du mot propre, le goût de la lecture, le choix des amufemens, ne peuvent-ils pas préfager un caractère, & motiver l'intérêt que prend la France au retour de la fanté de M. le Dauphin ?

Ce n'eft pas la louange (elle fe tiendra long-temps au moins loin de lui), c'eft la vérité qui s'en approchera toujours, que vous entendez avec l'émotion du fentiment national. Le meilleur des Pères, la plus tendre des Mères, ont confié à mes foins ce dépôt précieux, fur le feul garant de la franchife de mon ame : puiffent-ils ne s'être pas trompés fur les talens qui demanderoient un Montauzier, un Fénelon, plus éclairés encore par ce fiècle de lumières & par les circonftances !

Mais il eſt temps, MESSIEURS, de vous retracer vos pertes, comme il eſt juſte qu'un de ces Lieutenans auquel Richelieu donna des leçons de guerre, s'empreſſe de compter devant les juges des talens les lauriers qui ombragent ſon mauſolée.

Ce nom vous rappelle un protecteur illuſtre, grand par ſon caractère, fameux par les événemens de ſon miniſtère, utile à ſon Souverain, & dont les qualités, les défauts mêmes portoient l'empreinte d'une ame forte, ployant tous les obſtacles ſous l'effort impérieux de ſon génie.

Les vertus guerrières & politiques ont auſſi illuſtré la carrière honorable du Maréchal de Richelieu.

Né en 1696, le Duc de Fronſac paſſa preſque ſon enfance ſous les yeux de Louis XIV. Élevé dans cette Cour, qui fut pour l'Europe ce que l'Ecole d'Athènes fut pour l'Aſie; où la ſcience militaire, la politique, l'adminiſtration, les ſciences, la politeſſe, même la galanterie, portoient ce caractère élevé qui produit les grands talens; initié dans l'art de la guerre par ces fameux Capitaines que tant de campagnes heureuſes & malheureuſes avoient formés, ſon ame s'ouvroit entière à la gloire. Ces Vétérans de la renommée ne croyoient pas avoir aſſez fait pour l'État, s'ils ne ſervoient d'Inſtituteurs au zèle naiſſant, à l'eſpérance des qualités militaires. Turenne fit des Élèves, & les Élèves de Turenne furent auſſi des Héros. Richelieu ſervit ſous eux. Alors le reſpect, la conſidération marquoient la diſtance d'un homme à un grand Homme: cette noble & ſatisfaiſante récompenſe des victoires, des ſuccès, étoit acquittée avec ardeur par la Nation; la jeuneſſe étoit encouragée, éclairée , protégée : alors il n'étoit que préjudiciable de s'appefantir fur les détails ; on les effleuroit pour les con- noître ; on obéifloit pour commander ; on s'élevoit rapide- ment au deffus des rudimens, pour embraffer le grand théâtre des événemens , avec la louable ambition d'y furpaffer fes Maîtres.

Le Duc de Fronfac fit fes premières armes, en 1712, dans les Moufquetaires, dans ce Corps dont la valeur, fouvent utile, toujours brillante, fervoit bien le caractère de Louis XIV, à qui toute réfiftance étoit infupportable , & qui, long-temps gâté par la victoire , fe l'affuroit par le courage invincible de la réferve que compofoit la Maifon du Roi.

Ce n'étoit pas pour le vain éclat d'une faftueufe déco- ration, mais par une combinaifon favante & profonde, que ce Prince s'étoit entouré d'une Nobleffe nombreufe & diftinguée. Il avoit calculé le génie national, qui , depuis Céfar, n'a pas changé , qui ne changera jamais. Il favoit que le François, toujours exalté dans l'attaque , s'exagère quelquefois le danger dans les revers. Il fentoit que des corps d'élite décidoient le fuccès balancé d'une bataille, & , en affurant les retraites, garantiffoient une armée de la deftruction : il n'y a pas eu, il n'y aura pas de guerres dans lefquelles ces Corps n'aient rempli & ne rempliffent ces deux objets.

Le Duc de Fronfac fe trouva , dans cette campagne de 1712, au combat de Denain, fi décifif pour le fort de la France , où Villars apprit aux Alliés qu'une difpofition trop étendue ne les tenoit en forces nulle part.

Il fervit au fiège de Landau , fut bleffé à celui de

Fribourg : le même Villars, prévoyant ce qu'il deviendroit, occupé de favoriser son avancement, le chargea de porter au Roi la nouvelle de la prise des châteaux de Fribourg. Louis XIV en voulut entendre les détails, & dit au jeune Fronsac : « Je suis content de la netteté du compte que » vous me rendez, il me prouve que vous êtes destiné » aux grandes choses ».

La paix de Rastadt mit un intervalle à ses campagnes, qui lui valurent un régiment d'infanterie de son nom, à la tête duquel il servit en Espagne pendant celle de 1 7 1 9 , & se distingua dans les différens sièges qu'entreprit le Maréchal de Berwick.

C'est en arrivant en France, qu'à l'âge de vingt-quatre ans, par attachement pour son nom, par présage de ce qu'il y devoit ajouter, & par estime de ce qu'il étoit déjà, l'Académie lui décerna une place dont il s'est rendu digne pendant soixante-huit ans. De grands événemeus, de grands succès remplirent souvent cet espace. Il entra peu de temps après dans la carrière politique, par une ambassade dont l'importance prouve l'opinion que le Gouvernement avoit de sa capacité.

En 1 7 2 5, l'Empereur, à l'insçu de la France & de ses Alliés, venoit de conclure, avec le Roi d'Espagne, un Traité par lequel sa puissance s'étoit accrue de plusieurs Provinces que lui céda Philippe V. Le Roi craignit pour la liberté du Corps Germanique, dont il est garant, & pour le repos de l'Europe : cette inquiétude étoit fondée, puisque l'Empereur & l'Espagne armèrent. Alors la France, la Cour de Londres, & la République d'Hollande, ses Alliés, se lièrent plus étroitement, engagèrent le Roi de Prusse

dans

dans leur alliance, & armèrent également : leurs préparatifs en impofèrent à l'Empereur.

Le Duc de Richelieu, revêtu du caractère d'Ambaffadeur extraordinaire, arriva à Vienne dans ces circonftances critiques. Des propofitions lui furent faites par les Miniftres de l'Empereur & par le Nonce du Pape ; elles furent réitérées avant que l'on y fît quelque attention en France : alors des projets, des contre-projets furent remis par les Miniftres des deux Puiffances. Ceux de l'Empereur parurent équivoques, ambigus, & ne raffuroient pas fur les deffeins hoftiles de ce Prince. Les Efpagnols, fes nouveaux Alliés, faifoient le fiège de Gibraltar ; des efcadres fortirent des ports de France & d'Angleterre. L'Empereur fentit la néceffité de propofer un plan de pacification plus raifonnable, que le Roi & fes Alliés adoptèrent ; il fut figné à Paris le 31 mai 1727, fous le titre d'articles préliminaires, & enfuite à Vienne par le Duc de Richelieu.

Dans les fonctions publiques de fon ambaffade, il déploya cette magnificence, cette dignité qui l'ont toujours diftingué. Il foutint avec fermeté les prérogatives du caractère dont il étoit revêtu.

Le Roi, par une faveur particulière & pour récompenfer fes fervices, lui permit de porter les décorations de l'Ordre du Saint-Efprit, dont il l'avoit créé Chevalier le 1er. janvier 1728.

Le Duc de Richelieu quitta la Cour de Vienne, après avoir reçu du Roi les ratifications des préliminaires, pour être remifes aux Miniftres de Sa Majefté Impériale.

Ce Traité fembloit devoir affurer la tranquillité de l'Eu-

B

rope ; mais bientôt les démêles des Cours de Vienne & de Madrid, fur l'inveftiture de la Tofcane, déterminèrent le Roi à agir, de concert avec les Rois d'Efpagne & de Sardaigne, contre la Maifon d'Autriche & fes Alliés, après avoir engagé les Puiffances maritimes à garder la neutralité.

Une armée s'affembla fur le Rhin, aux ordres du Maréchal de Berwick, paffa ce fleuve dans le mois d'octobre 1733, & inveftit Kell, qui fe rendit après neuf jours de fiège : le duc de Richelieu fut fait brigadier la même année.

Son régiment fit auffi la campagne fuivante. Le Maréchal de Berwick paffa le Rhin, prévint les Alliés, força les foibles lignes d'Etlingen, & affiégea Philipsbourg qui fut pris devant le Prince Eugène.

Un fiège eft la plus prompte & la plus fûre école du courage ; le foldat le commença avec inquiétude, en foutint la fatigue exceffive avec patience & gaîté, en brava le danger avec audace, lorfqu'il croiffoit chaque jour.

Ces fuccès firent regretter à la France la perte de Berwick, & annoncèrent aux Impériaux la caducité des talens d'Eugène : dix ans plutôt il n'eût pas fait les lignes d'Etlingen, & l'on n'eût pas fait le fiège de Philipsbourg.

La campagne de 1735 fe borna à dévafter, avec économie, les deux rives du Rhin, & l'efpace du Necker à la Mozelle : le Duc de Richelieu ne put s'y inftruire que dans l'art de faire fubfifter les troupes, auquel font foumis tous leurs mouvemens, qui commande defpotiquement aux Généraux, & porte bien fouvent atteinte à leur réputation, parce que cette excufe eft rarement jugée par des experts, & impartialement approfondie.

La paix de 1736 termina cette guerre, & le Duc de Richelieu fut nommé Maréchal de Camp.

La mort de l'Empereur Charles VI rouvrit le théâtre des combats. En 1741, les armées françoises occupèrent la Bohème, & se portèrent sous les murs de Vienne : pendant que cet instant de détresse développoit le génie, la fermeté de Marie-Thérèse ; pendant que cette Princesse assembloit autour d'elle les cœurs & les forces de la Hongrie & de l'Autriche, en portant son fils à ses sujets, & les chargeant du sort de leur Souverain, le Maréchal de Noailles assembla, en 1742, une armée d'observation en Flandre, & le duc de Richelieu y fut employé comme Maréchal de Camp. Il le fut de même en 1743 sur le Rhin, & combattit à Dettingen.

Lieutenant général en 1744, il servit en Flandre aux sièges de Menin, d'Ypres, de Furne, & passa en Alsace avec le Roi, qu'une maladie violente arrêta à Metz. Ce Prince y éprouva ce genre de satisfaction qui laisse bien loin après lui l'éclat des conquêtes ; il y jouit de l'amour de ses sujets : qu'il soit à jamais, pour ses successeurs, l'exemple du bonheur que reçoit un Roi, en raison de celui qu'il procure à un peuple fidèle ! c'est en ce moment heureux que, lisant dans les cœurs, il sent le prix de sa couronne, & qu'il est averti de ses devoirs. C'est sur ce modèle que Louis XVI, jaloux de cette douce jouissance, a formé le projet touchant de régner sur un peuple plus libre, de recevoir en don ce que d'autres Rois perçoivent en tribut, de s'entourer de sa Nation, & de la consulter sur ses intérêts, qui seuls sont les siens.

En 1745, le Maréchal de Saxe, mourant, combattoit

à Fontenoy, pour ne pas lever le fiège de Tournay. La marche d'une colonne angloife entre les redoutes qui couvroient fon front, & qu'elle avoit déjà dépaffées, rendoit la victoire incertaine. Les efforts redoublés d'une partie de l'infanterie ne parvenoient pas à pénétrer cette maffe impofante, qui, plus forte de fa profondeur que de fon ordonnance, réfiftoit à fes attaques multipliées. En ce moment critique, la néceffité de repaffer l'Efcaut, fi la retraite devenoit indifpenfable, fit défirer que le Roi fongeât à fa fûreté, en fe rapprochant des ponts. Le Duc de Richelieu favoit ce qu'eft pour une armée françoife la préfence de fon Souverain; il court à fes pieds le conjurer d'accorder aux troupes qui l'entouroient, le bonheur de vaincre fous fes yeux. L'ordre obtenu, tandis que le Maréchal de Saxe & le Comte de Lowendal font un dernier effort, la Maifon du Roi, la Gendarmerie, les Carabiniers, ces troupes fi sûres de leurs lauriers, s'ébranlent; le Duc de Richelieu, après avoir placé une batterie deftructive à demi-portée de canon, charge, à leur tête, la colonne ennemie, l'enfonce, décide la victoire, & la victoire décide du fort de Tournay & du fuccès de cette campagne.

Le Duc de Richelieu revint à la Cour, pour y concerter contre l'Angleterre une expédition à laquelle le Roi deftinoit 18 bataillons & 9 efcadrons, pour foutenir le Prétendant, qui, par le gain de la bataille de Prefton, donnoit l'efpérance au moins d'une grande diverfion.

Les troupes s'affemblèrent à Dunkerque & à Calais; les préparatifs furent très-longs : les circonftances changèrent; l'embarquement n'eut pas lieu, malgré l'activité du Général.

En 1746, il continua de servir en Flandre, Aide-de-Camp du Roi, & revint avec ce Prince, qui l'envoya à Dresde avec le titre d'Ambassadeur, pour faire la demande de la Princesse, fille du Roi de Pologne, Electeur de Saxe, qui épousa M. le Dauphin. Cette négociation fut moins épineuse qu'utile à la France : les vertus de Madame la Dauphine y ont germé.

En 1747, le Duc de Richelieu servit encore en Flandre, Lieutenant-Général & Aide-de-Camp du Roi. Il précéda & couvrit, avec une avant - garde considérable, la marche de l'armée sur Lière, & se trouva à la bataille de Lawfeld.

C'est après son retour que, lancé dans la carrière qui marque le rang des Généraux, il partit pour l'Italie.

Les grandes opérations de l'art militaire consistent dans la guerre offensive & défensive, l'attaque & la défense des places : cette dernière est la seule où Richelieu ne partagea pas avec Boufflers le bonheur de se distinguer.

Les revers qu'éprouva l'armée combinée de France & d'Espagne en 1746, livrèrent Gênes aux Autrichiens. Les duretés, les exactions que souffrirent pendant trois mois les Génois, firent expier à leurs Vainqueurs l'abus de la victoire. Vous connoissez, MESSIEURS, la cause première de cette révolution. Un Bas-Officier frappe un citoyen attelé au canon ; le peuple indigné se rassemble ; le mot de liberté se prononce, il exalte les têtes : celui qui porte une pierre dans sa main, se croit armé ; l'explosion de la rage tient lieu de projet d'attaque ; on brise les chaînes pesantes que l'on n'osoit soulever ; un instant change le sort de la République : cette leçon d'urbanité coûta cher aux Autrichiens.

L'armée combinée étoit en Provence : elle voulut se-
courir Gênes ; & le Duc de Boufflers y arriva le 30 avril
1747, pour commander les forces des deux Couronnes,
unies à celles que la République avoit armées. Tout l'État
devint soldat ; chaque jour la liberté gagna du terrain,
força des passages, fortifia ses postes ; le Duc de Boufflers
délivra Gênes, & mourut le 2 juillet, trop tôt pour sa
gloire & pour la Nation qu'il défendoit. La reconnoiffance
inscrivit le Duc de Boufflers, son fils, sur le livre des
Nobles.

En Août 1747, le Duc de Richelieu le remplaça, en
qualité de Général & de Plénipotentiaire : la confiance,
l'ardeur se ranimèrent.

Les ennemis occupoient en forces la rivière du Ponant,
Pour se mettre en état de les en chaffer, & affurer sa retraite, ce qu'un homme de guerre ne peut négliger sans
une dangereuse préfomption, le Duc de Richelieu ajouta
des ouvrages à la défenfe de Gênes. Il rappela les troupes
de Corfe ; le Comte de Choifeul les ramena au commen-
cement d'octobre : il exécuta alors son entreprise contre
le Ponant. La nature du pays se refufoit à fes difpofitions;
rochers, défilés impraticables, tout fut furmonté. Les Autrichiens défendirent chaque point d'attaque ; chaque colonne eut à combattre, & combattit avec fuccès ; Gênes
fut libre de ce côté jufques à quinze milles de fes murs.
De ce moment, la partie du levant occupa l'infatigable
activité du Duc de Richelieu.

Les ennemis tenoient en forces le pofte important de
Varagio ; il eft emporté. Le Général Nadafty attaque Vol-
try avec opiniâtreté pendant trois jours ; il trouve, [par-

tout où il se présente, une vigueur, un acharnement, qui le forcent à une retraite précipitée, après une perte considérable.

Le Maréchal de Brawn arrive sur les débouchés de la rivière du levant, avec 35 bataillons & 3000 Croates ou Chasseurs. Pendant que des combats partiels deviennent tous désavantageux aux ennemis, un établissement de subsistances qu'ils avoient formé sur les frontières de la Toscane, est ruiné par le Duc de Richelieu, réduit à la défensive. Le Maréchal de Brawn appelle des renforts, malgré sa supériorité, lorsque des préliminaires signés à Aix-la-Chapelle terminent les hostilités.

Le Duc de Richelieu reçoit le titre de Noble Génois ; une statue lui est érigée dans le Sénat, pour conserver à jamais la mémoire de ses services ; prix glorieux, & qui charme une ame généreuse, autant qu'il honore une Nation reconnoissante.

Il commanda à Gênes jusqu'à la paix, & fut élevé au grade de Maréchal de France en Octobre 1748.

En 1755, l'Angleterre, sans aucune déclaration de guerre, enleva à la France les vaisseaux l'*Alcide* & le *Lis*: le Roi voulut punir l'injustice de cette agression.

Minorque balançoit dans la Méditerranée les avantages de Toulon : ce port en offroit beaucoup pour attaquer Mahon. Le siège en fut résolu, & le Roi confia cette expédition au Maréchal de Richelieu. Rien n'étoit préparé ; la diligence seule devoit assurer les succès : les Anglois alloient faire passer dans ces mers une armée navale. Le Maréchal déploya toute cette activité que le salut de Gênes avoit prouvée, & qui ne se démentit jamais. Plus de 150 bâtimens de transport & d'immenses approvisionnemens furent rassemblés en deux mois. L'armée, partie sous la protection de douze vaisseaux de ligne & cinq frégates, aux ordres de M. de la Galissonnière, fut contrariée par les vents, débarqua avec des difficultés effrayantes pour le transport de son artillerie de siège; mais l'exemple du Général, la fécondité de ses moyens, surmontèrent tout. Trois mille hommes défendoient le fort S. Philippe; vingt-cinq bataillons l'attaquoient. Le Commandant écrivit au Maréchal, qu'ignorant qu'il y eût une déclaration de guerre entre l'Angleterre & la France, il étoit de son devoir de lui demander avec quelle intention il avoit débarqué des troupes dans l'isle. Le Maréchal répondit que son intention étoit absolument la même que celle des Anglois à l'égard de la Marine du Roi son Maître.

Les approches se continuoient, lorsque l'Amiral Bing parut avec une escadre supérieure à celle de M. de la Galissonnière, que des détachemens d'infanterie renforcèrent. Le Pavillon François eut l'avantage du combat : content d'avoir assuré l'opération du siège, ce Général revint à son mouillage; & sa conduite fut aussi fatale à son malheureux rival, qu'avantageuse au service du Roi, & honorable à ses armes.

Une nouvelle escadre étoit partie des ports d'Angleterre, pour se joindre à l'Amiral Bing. Une attaque audacieuse du fort Saint-Philippe devenoit nécessaire; l'ardeur & la confiance la rendoient plus praticable que l'état de la place; elle fut résolue.

La nuit du 27 au 28 juin, les trois principaux ouvrages avancés furent emportés, deux d'assaut, le troisieme

par

par efcalade. Malgré le feu continuel & meurtrier des affié-
gés, malgré l'explofion & le fuccès d'une mine, la valeur
des troupes Françaifes ajouta un nouveau laurier à la gloire
du Général & de la Nation ; le fort fe rendit par capitulation. Deux cent onze pièces de canon, foixante-dix
mortiers, des magafins remplis de munitions de guerre &
de bouche, & l'état du corps de la place, atteftèrent que
les prodiges de courage de l'infanterie avoient feuls rendu
tous ces moyens infuffifans à l'ennemi. La conquête la plus
importante de la guerre fut affurée à la France jufques à
la paix.

: Le Maréchal la dut, cette conquête, à la confiance
des troupes ; il l'obtint toujours par fon brillant courage,
fes foins pour fon armée, fa gaîté & fon eftime pour
l'Officier & le Soldat. Il fuivoit cet adage d'un de nos Poetes :

Il faut, pour les mener, les prendre dans leur fens.

Il parloit à l'honneur, réfervoit la flétriffure au crime,
& livroit les fautes à la honte.

Le courage, enfant du devoir & de l'énergie, fait
braver ce que l'homme heureux a le plus à craindre,
fa fin, que le malheureux redoute auffi, dans l'efpoir d'un
meilleur fort. L'habitude d'un péril en rend le mépris plus
facile ; mais l'élévation de l'ame rend la valeur plus
affurée, plus égale.

Eh ! quel bonheur de commander à des Guerriers qui,
confervant dans le combat l'ufage & la liberté de leurs
facultés intellectuelles, jugent les actions de leur Chef,
s'affocient à fes travaux, fe croyent plus grands de fa
gloire, & lui en préfentent la première couronne, par
un attachement porté jufques à l'enthoufiafme !

C

« Quel homme peut leur préférer les esclaves abrutis de l'obéissance passive ? Sur leur ame pèsent la force & la crainte ; sombres, timides, ils restent, mais n'enlevent pas ; & la défensive peut seule tirer quelque parti de leur apathique soumission.

Qu'il me soit permis, MESSIEURS, de vous citer deux de ces traits qui caractérisent & font juger les Généraux.

Le Maréchal de Lowendal, lors de l'assaut de Berg-op-Zoom, veut faire distribuer de l'eau-de-vie aux Grenadiers ; ils répondent : *après, mon Général, mais pas avant.*

Le Maréchal de Richelieu, pour arrêter à Mahon l'usage immodéré du vin, défend la tranchée à tout Soldat qui s'y livrera ; pas un ne s'expose à subir ce déshonneur.

Lowendal avoit servi des Puissances étrangères ; Richelieu commandoit à des François, & calculoit mieux le génie national. En mettant en jeu ce ressort infaillible, on peut tout entreprendre ; mais il faut se faire aimer. Le moyen est doux ; il étoit naturel au Maréchal de l'employer ; il lui a toujours réussi.

En 1757, la France assembla une armée formidable dans l'Evêché de Munster, sous les ordres du Maréchal d'Estrées : les Alliés lui en opposèrent une sous ceux du Duc de Cumberland.

Le Maréchal d'Estrées l'attaqua, le battit, & l'obligea de se rapprocher du Pays d'Hanovre.

Pendant que le Maréchal gagnoit la bataille d'Hastembek, l'impatience du Ministère lui nommoit un successeur. En arrivant à l'armée, le Conquérant de Mahon, dont on attendoit plus de rapidité dans ses opérations, trouva foumis aux armes françoifes tout le pays du Rhin au Vezer, & de la Heffe à la mer d'Oftfrife.

Le Duc de Cumberland couvroit encore l'Electorat d'Hanovre & le Duché de Brunfwick, attendant les renforts que l'Angleterre lui annonçoit, & qu'il étoit intéreffant de prévenir.

Les ennemis fe replioient fur leurs magafins ; le Maréchal de Richelieu formoit des établiffemens pour fes fubfiftances, qui ralentiffoient fes mouvemens. Des corps avancés s'emparèrent d'Hanovre, de Brunfwick, de Wolfembutel, de Nienbourg & de Zell.

Les Alliés, en fe retirant par une marche forcée jufques à Bremerworden, laiffoient entre eux & les troupes du Roi, un pays inculte, inquiétant par fa nature, & que quelques jours de pluie n'auroient pas permis de pénétrer. L'armée s'arrêta fur la Wumm ; mais le Maréchal fe porta fur Clofter-Seven avec un corps confidérable de Grenadiers, de Carabiniers, de Dragons & de troupes légères. Cette difpofition ôtoit aux ennemis tout efpoir de paffer l'Elbe devant lui, & les réduifoit à fe retirer vers Staden, n'ayant plus que la mer derrière eux.

Dans cet état de détreffe, la politique leur parut plus fûre que la réfiftance ; & le Comte de Linar, Miniftre du Roi de Danemarck, revêtu des pouvoirs du Roi d'Angleterre, vint offrir au Maréchal de Richelieu les articles d'une convention qui furent rejetés. Le Maréchal en dicta de plus conformes à l'état des deux armées, &, pour les appuyer, fe fit joindre par fa premiere ligne : cette maniere de traiter fut décifive. Le Comte de Linar rapporta ces articles acceptés le 10 septembre. Il seroit inutile de les détailler, mais il ne l'est pas, pour la suite, d'observer qu'une capitulation signée par les Généraux, est sans retour, & qu'une convention emporte les ratifications des différentes Puissances.

Bientôt de nouveaux événemens exigèrent de nouvelles combinaisons. Le Roi de Prusse passe l'Elbe en Saxe, pénètre dans la Thuringe, arrête l'armée combinée de la France & de l'Empire, la force à prendre une position à l'entrée de la gorge d'Eizenack. Le Maréchal de Richelieu la renforce de 20,000 hommes, qui la mettent en état de s'avancer sur la Saala; il reçoit l'ordre de faire prendre des quartiers d'hiver à ses troupes.

Celles de Brunswick & de Hesse sont offertes à la France par leurs Souverains. Le Cabinet de Versailles balance sur les ratifications & sur ces propositions, que le succès du Roi de Prusse à Rosback anéantit. Entre ces revers & ces débats politiques, que l'on juge de la situation du Maréchal de Richelieu! Le Roi de Prusse remet en mouvement l'armée Hanovrienne, y joint des troupes, un Général.

Les hostilités commencent par la prise de Harbourg. Le Maréchal marche à Lunebourg; mais la supériorité des ennemis le force à se rapprocher de Zell le 3 Décembre, pour se réunir à ce qu'il avoit laissé de troupes sur ses derrières : elles ne furent rassemblées que le 13.

Le Duc Ferdinand se présente en forces : les fauxbourgs de Zell sont attaqués; on brûle le pont sur l'Aller, & les Alliés se campent sur les hauteurs; l'Aller sépare les deux armées. Si le Maréchal eût différé de quelques jours fon raffemblement, il perdoit l'Electorat d'Hanovre, fon activité le conferva. Soixante-quatorze bataillons & foixante-fix efcadrons fouffrirent, fans murmure, les rigueurs d'un froid exceffif; les fubfiftances étoient épuifées. Le Maréchal fentit la néceffité de fe replier : l'ordre en fut donné ; mais fon ame courageufe fe refufe à ce mouvement rétrograde. Les armes du Roi ne céderont pas le pays qu'elles ont conquis, & le talent prouvera encore les reffources d'un grand caractère. Chacun reprend fes poftes. Des difpofitions favantes & promptes menacent l'ennemi ; fept colonnes doivent traverfer l'Aller le 25 devant lui, l'attaquer au delà. Cette audace preffe la retraite du Prince Ferdinand, il lève fon camp dans la nuit, & ne s'arrête qu'à Lunebourg : fon arrière-garde eft fuivie ; cinq cents prifonniers, dés bagages enlevés démontrent fa précipitation. Le Maréchal, content de ce-fuccès, prend des quartiers dans le pays d'Hanovre, & va rendre compte au Roi de fa campagne.

C'eft à l'occafion de cette fameufe Convention de Clofter-Seven, que le Maréchal de Richelieu reçut la marque flatteufe de l'opinion que le Roi de Pruffe avoit conçue de lui. Ce Prince, que la difperfion de l'armée des Alliés & l'affoibliffement de fes propres forces inquiétoient fur le fort de la guerre, fe confiant dans les fentimens nobles d'un ennemi généreux, lui écrivit la lettre que je vais mettre fous vos yeux.

« Je fens, M. le Duc, que l'on ne vous a pas » mis dans le pofte où vous êtes pour négocier. Je fuis » cependant très-perfuadé que le neveu du grand Cardinal » de Richelieu eft fait pour figner des traités, comme

» pour gagner des batailles. Je m'adreſſe à vous par un
» effet de l'eſtime que vous inſpirez à ceux qui ne vous
» connoiſſent pas même particulièrement. Il s'agit d'une
» bagatelle, de faire la paix, ſi on le veut bien. J'ignore
» quelles ſont vos inſtructions; mais dans la ſuppoſition,
» qu'aſſuré de la rapidité de vos progrès, le Roi, votre
» Maître, vous aura mis en état de travailler à la paci-
» fication de l'Allemagne, je vous adreſſe M. Delchezet,
» dans lequel vous pouvez prendre une confiance entière :
» quoique les événemens de cette année ne devroient pas
» me faire eſpérer que votre Cour conſervât encore quel-
» ques diſpoſitions favorables pour mes intérêts, je ne
» puis cependant me perſuader qu'une liaiſon qui a duré
» ſeize années, n'ait pas laiſſé quelques traces dans les
» eſprits. Peut-être je juge des autres par moi-même.
» Quoi qu'il en ſoit enfin, je préfère de confier mes in-
» térêts au Roi, votre Maître, qu'à tout autre. Si vous
» n'avez, Monſieur, aucunes inſtructions relatives aux
» propoſitions que je vous fais, je vous prie d'en de-
» mander, & de m'informer de leur teneur. Celui qui
» a mérité des ſtatues à Gênes, celui qui a conquis l'Iſle
» de Minorque, malgré des obſtacles immenſes, celui
» qui eſt ſur le point de ſubjuguer la Baſſe Saxe, ne
» peut rien faire de plus glorieux que de procurer la
» paix à l'Europe ; ce ſera, ſans contredit, le plus
» beau de vos lauriers : travaillez-y, Monſieur, avec
» cette activité qui vous fait faire des progrès ſi rapides,
» & ſoyez perſuadé que perſonne ne vous en aura, Mon-
» ſieur le Duc, plus de reconnoiſſance que votre fidèle
» ami ».

Cette franchise, cet abandon d'un Roi fameux par ses succès, par l'universalité de ses talens, par des conquêtes qui reculèrent les bornes de ses Etats jusques aux limites que les Puissances rivales ont respectées depuis, prononcent mieux que moi sur le mérite de Richelieu.

Ses exploits militaires se terminent à cette campagne. Souvent on n'accorde pas à un Général malheureux l'occasion de se relever d'un échec; mais il est rare qu'un Etat se prive d'un Chef que trois expéditions éclatantes paroissoient destiner à commander plus long-temps. Son ambition auroit été satisfaite, s'il eût pu mesurer ses armes avec le Prince (1) qui soutint souvent & releva même le sceptre de Frédéric, s'il eût eu le bonheur de faire balancer la victoire, qu'aucun rival n'a pu ravir au premier des Généraux de l'Europe, & beaucoup l'ont tenté.

Les services du Maréchal ne furent pas bornés à ceux qu'il rendit à la guerre; le Languedoc, la Guienne, où il commanda pendant la paix, remplirent les intervalles d'une vie consacrée à l'Etat. Il vit avec horreur, en Languedoc, les effroyables débris du fanatisme, & en refroidit les cendres par une tolérance plus humaine, qu'à peine il se permettoit encore de prescrire. Le calme se rétablit dans les esprits & dans les opinions; la controverse se relégua dans les montagnes, dont elle ne frappoit plus que l'air; & ce monstre, long-temps funeste, qui désola de si belles contrées, rentra dans le néant d'où il n'eût jamais dû sortir.

Quand notre siècle n'auroit que ce titre à présenter à la

_____

(1) Le Prince Henri.

Poſtérité, ne ſuffiroit-il pas pour le rendre célèbre & pour lui mériter le reſpect des hommes ?

Il eſt peu de carrières plus longues, plus conſtamment protégées par la fortune, plus parſemées d'événemens intéreſſans, que celle du Maréchal.

. A quinze ans, déjà follement préſomptueux, il fut mis à la Baſtille, ſur la demande d'un père rigide, & y traduiſit Virgile. Louis XIV lui demanda ce qu'il y avoit appris : *A n'y plus retourner*, *Sire* ; & il y retourna deux fois depuis. Marié ſous trois règnes, il put être trois fois heureux, & réſerva à ce bonheur d'être le conſolateur de ſa vieilleſſe.

Si l'auſtérité que je dois profeſſer m'impoſe la loi rigoureuſe de me refuſer à l'affluence des anecdotes piquantes qui ſemeroient de fleurs brillantes l'éloge du plus aimable, du plus ſéduiſant des Français ; interrogez Voltaire, Monteſquieu ; ces génies ſublimes dont la Littérature s'honore, & dont il fut l'ami : ils priſèrent ſon eſprit, ils jouirent de ſon cœur. Sa jeuneſſe fut vive, ardente à ſervir la Gloire & la Beauté : eh ! quel mouvement porte plus l'ame aux grandes actions, que l'eſpoir de cette double couronne ?

Regrettons ces temps où le ſentiment poliſſoit les caractères ſans les énerver ; où la France étoit pour l'Europe entière le modèle des graces, de la délicateſſe, du bon goût, & de cette politeſſe noble, aiſée, qui, ſans retrancher rien des qualités eſſentielles, répandoit ſur les formes un charme par lequel tout étoit embelli. L'eſprit eſt ſans doute mieux employé, moins ſuperficiel ; les connoiſſances, plus généraliſées, ſe portent ſur des objets d'une haute importance ; mais ces rayons de lumière, encore épars,

lorſqu'ils

lorfqu'ils fe réuniront en un foyer, épureront les opinions, rectifieront le jugement, & feront évaporer les écarts d'une effervefcence dangereufe.

C'eft à vos Ecrits, MESSIEURS, à l'amour pour le bien, qui les dicte, qu'il eft réfervé de diriger utilement les effets d'une explofion intéreffante par la nature des objets qui enflamment cette Nation vive, douce, & bien intentionnée, que la vérité, la raifon rameneront à pofer des principes exacts & sûrs, pour affeoir la bafe de l'édifice à jamais refpectable où doit réfider le bonheur national.

RÉPONSE de M. GAILLARD, Directeur de l'Académie Françoise, au Discours de M. LE DUC DE HARCOURT.

MONSIEUR,

AUCUN nom, aucun rang ne donne de droit à l'Académie, afin que les suffrages de cette Compagnie étant toujours libres, soient toujours flatteurs pour celui qui les obtient. Malgré la faveur que la reconnoissance attache ici au nom de Richelieu, l'Académicien auquel vous succédez est le seul de ce nom qu'on ait vu assis parmi nous depuis notre Fondateur. Un autre Académicien, dont le nom nous est recommandable à peu près au même titre, est aussi, depuis le Chancelier Seguier, le seul de son nom qui ait été de l'Académie. Leur mérite personnel fut leur titre véritable & le principal motif de nos suffrages.

Quant aux places, s'il en étoit quelqu'une qui pût donner des droits ici, ce seroit sans doute celle d'Instituteur de nos Rois; cependant, pour nous renfermer dans l'honorable & difficile emploi confié à vos talens & à vos vertus, jamais aucun Gouverneur d'aucun Enfant Royal n'étoit encore entré dans cette Compagnie, & c'est un honneur qui commence à vous. L'Académie n'a compté parmi ses Membres, ni les deux Maréchaux de Villeroy, ni les Charost, ni les Châtillon, ni même ce célèbre Montausier, quoiqu'il aimât les Lettres autant qu'il haïssoit & la flatterie

& la fatire, ni ce vertueux Beauvillier, digne coopérateur de Fénelon, & fon fidèle ami dans la difgrace, Beauvillier, fils & frère d'Académiciens. L'exemple n'a donc rien fait pour vous, MONSIEUR, & tout vous eft purement perfonnel dans l'honneur qui vous eft déféré.

Le Roi a vu par lui-même comment vous gouvernez fous fes lois cette belle Province, berceau de votre race antique, & dont l'un des Princes fes fils porte le nom; il l'a vu, & il vous a choifi pour former l'Héritier du Trône : mais ce choix, tout glorieux qu'il eft, n'auroit point entraîné nos fuffrages, s'il n'avoit eu auffi pleinement un aveu que le choix des Rois n'obtient pas toujours, l'aveu de la Nation. Puiffe-t-elle applaudir ainfi en tout aux vues paternelles & patriotiques de ce Monarque ! puiffent tous fes Ordres réunis y concourir ! Nous la voyons chargée enfin de fe régénérer elle-même ; le Roi, pour affurer notre bonheur, le remet dans nos mains : répondons à fa confiance. Le génie tutélaire & réparateur qui veille auprès de lui au falut de cet Empire, prépare avec lui ce grand ouvrage de la reftauration ; ne nous oppofons point à leurs bienfaits. Il me femble entendre l'Auteur de *Brutus* & de *la Mort de Céfar* nous adreffer en ce moment ces vers prophétiques :

Vous pouvez raffermir, par un accord heureux,
Des peuples & des Rois les légitimes nœuds,
Et faire encor fleurir la liberté publique
Sous l'ombrage facré du pouvoir monarchique.....
Vous, Français, feulement confentez d'être heureux;
Ne vous trahiffez pas, c'eft tout ce que je veux.

Cette même Nation, MONSIEUR, au milieu des grands

objets qui l'occupent, a les yeux fixés fur vous & fur vos auguftes Elèves, & vous entendez fa voix qui vous crie fans ceffe :

Songez qu'en ces Enfans tout Ifraël réfide.

Vous favez quels vœux la Philofophie a ofé former ; elle voudroit que les Princes nés pour nous gouverner ignoraffent, s'il étoit poffible, les hautes deftinées qui les a.te dent ; que pour devenir de grands Rois (difons mieux, de bons Rois), ils ne fuffent long-temps que de fimples particuliers, exercés par les befoins, éprouvés par le malheur. Si ce vœu ne peut être exaucé, vous faurez du moins diminuer pour eux (& pour nous) le danger de ces hommages précoces, de ces refpeêts corrupteurs qui commencent avec l'enfance des Princes ; & puifqu'ils font toujours trop tôt inftruits de leurs droits fur les peuples, vous les inftruirez de tous les droits des peuples fur eux. Je n'entreprendrai point d'expofer ici ces devoirs facrés, dont l'étendue ne peut être mefurée, & que nous apprendrons tous de vous, en vous les voyant tous remplir.

Je me borne à l'objet qui nous eft propre, la Littérature. Ici, MONSIEUR, je trahirai votre modeftie. Confident très-infidèle de vos fecrets littéraires, que je vous ai arrachés, je les révélerai à cette Affemblée ; je dénoncerai au Public le myftère injufte que vous lui avez fait d'un excellent Traité de la décoration des jardins & des parcs, Traité qui, ayant été compofé avant que la théorie des jardins irréguliers fût connue en France, vous auroit affuré l'honneur de l'invention, comme vous en avez le mérite ; vous ne vouliez qu'embellir vos jardins de Hár-

court & vos bois paternels, & vous auriez éclairé le goût
François par la comparaifon du goût Chinois & du goût
Anglois, modifiés encore par vos favantes obfervations ;
c'eft par vous que la Nature, délivrée des fers de la fymé-
trie & rétablie dans tous fes droits , auroit repris toute
fon énergie, & fe feroit parée de toute fa variété ; par
vous l'art foumis & refpectueux auroit appris à laiffer agir
cette Nature, *infiniment belle, quand elle eft infiniment
libre ;* vous reconnoiffez vos propres termes, Monsieur. Je
dirai plus encore ; le Chantre brillant des jardins auroit
trouvé chez vous des principes & des idées qu'il n'auroit
pas même été obligé d'embellir, tant votre ftyle animé,
pittorefque, varié comme le fujet, parle toujours à l'ima-
gination, fans jamais ceffer de parler à la raifon ! Vous
vous permettez quelquefois de plaifanter avec grace fur
les erreurs de l'ancienne routine, fur ces parallélogrames
éternels, ces longues allées qui vont *porter la géométrie à
plufieurs milles des châteaux* ; fur cette petite étoile , où
l'ufage veut qu'on s'arrête, qu'on regarde froidement ces
lignes droites qui la traverfent, & qu'on dife, avec toute
l'hypocrifie de la politeffe : *Voilà une belle partie de
jardin.* Vous voulez qu'on laiffe couler & ferpenter en
liberté ces eaux qu'on emprifonne à grands frais dans des
conduits fouterrains ou dans des figures régulières. « On a
» de moins, dites-vous, la dépenfe des canaux , des
» regards, des tuyaux, leur entretien, dont on fe plaint
» par-tout où il y a des eaux, & l'on n'avertit pas le
» famedi que les eaux joueront le dimanche pendant trois
» heures ».

Difcerner les vraies beautés de la campagne, en jouir,

D 3

les décrire, les faire naître, étoit pour vous, Monsieur, un amusement presque étranger, que vous vous étiez rendu propre à force de goût; la gloire des Héros vous est plus naturellement familière, & quand vous la célébrez, vous écrivez votre Histoire.

Si l'éloge de l'homme illustre que vous remplacez étoit un de ces devoirs pénibles auxquels on cherche à se soustraire, j'en serois dispensé par tout ce que vous venez de dire à sa louange; le désir de lui procurer un digne Panégyriste dans un témoin, dans un juge éclairé de sa gloire militaire, est entré dans les vues qui ont fixé sur vous notre choix; nous lui avons donné pour successeur son Compagnon d'armes, son Elève, son Emule; vous avez été choisi pour le louer; moi, c'est le sort aveugle qui m'associe à cette fonction. Je rends graces cependant à ce sort, qui règle tout ici, de m'avoir nommé pour rendre un témoignage public à la mémoire d'un tel homme : eh! qui ne m'envieroit le plaisir de louer (quoiqu'après vous, Monsieur) un des Vainqueurs de Fontenoy, un des Libérateurs de Gênes, le Conquérant de Mahon, le *Débellateur* de Closter-Séven (car il faut faire ou refaire un mot pour lui); le Général vraiment François & fait pour guider des François, qui obtenoit tout du Soldat en le menaçant seulement d'être privé de l'honneur de monter à l'assaut ou de servir à la tranchée; l'homme aimable, qui conquéroit les cœurs comme les Etats, qui savoit plaire comme il savoit vaincre, qui forçoit l'envie à lui pardonner ses talens & ses succès de tout genre, en faveur de ses graces; le Négociateur habile, l'Homme de Cour fin & délié, sous les traits de l'audace & de la vivacité chevaleresques ; le Héros brillant, célébré par nos Muses les plus brillantes, &, pour tout dire en un mot, l'Alcibiade de Voltaire.

Mais l'Alcibiade François fut plus heureux que celui d'Athènes ; il fut constamment heureux, ce qui le distingue des Héros de l'Histoire ; c'est dans la Fable qu'il faut lui chercher des objets de comparaison ; il est semblable en tout à ce Demi-Dieu dont Théramène retrace à son Elève, tantôt la valeur *intrépide, consolant les Mortels de l'absence d'Alcide*, tantôt *la foi par-tout offerte & reçue en cent lieux ;* pendant qu'il punit les oppresseurs & qu'il venge l'Univers, il permet à l'amour de le récompenser, sans arrêter sa course. Les Hélènes, les Péribées, les Ariannes, *tant d'autres, dont les noms lui sont même échappés,* éblouies de sa gloire, charmées de ses graces, briguent sa conquête, déplorent son inconstance ; toutes le préfèrent, toutes sont préférées; on retrouve encore ici le Vainqueur à qui rien ne résiste : la galanterie Françoise applaudit à ces nouveaux triomphes qui n'ont rien coûté à la gloire ; elle rapproche avec complaisance les deux brillantes *moitiés d'une si belle Histoire*, qu'on voit ensuite avec respect se terminer, aussi noblement qu'heureusement, dans le sein de la confiance, de la tendresse, & de la vertu.

Ici la scène change ; le Héros prend un caractère plus imposant & plus vénérable ; c'est le Nestor dont nous avons admiré la vigoureuse vieillesse, le Nestor des Guerriers, le Nestor de l'Académie; qui a vu cette Compagnie se renouveler tant de fois ; qui, plus long-temps Académicien, plus long-temps Doyen de l'Académie que Fontenelle lui-même, a paru fortifier cette erreur populaire, que *l'Académie a toujours un Richelieu à sa tête ou dans son sein ;* le Neſtor enfin, dont la carrière & ſi vaſte & ſi pleine embraſſe par ſes fortunes diverſes, par ſes exploits, par ſes mariages, les trois plus longs règnes de la Monarchie ; car, confondant mes vœux avec mes eſpérances, je vois déjà le règne préſent s'étendre dans l'avenir, égaler, ou ſurpaſſer la durée des précédens, & répandre au loin ſon influence bienfaiſante ſur les générations futures.

Je louerai encore, dans M. le Maréchal de Richelieu, un ſentiment dont la meſure & les bornes légitimes peuvent laiſſer lieu à la diſpute, mais dont il faut eſtimer beaucoup le principe ; ce ſentiment, c'eſt ſon juſte reſpeЯ pour la mémoire du Cardinal de Richelieu, ſon grand-oncle.

Ce zèle pour la gloire du Cardinal fut long-temps regardé auſſi comme un devoir pour chacun de nous, & c'en eſt un à quelques égards ; on ne peut trop vanter ſur-tout ſon amour pour les Lettres, & l'eſprit qui a préſidé à notre inſtitution ; on ne peut trop admirer que ce Miniſtre ſi abſolu, ſi accuſé de deſpotiſme, ait ſu, dans cet établiſſement, conſacrer avec tant de nobleſſe les droits de l'eſprit humain, la liberté, l'égalité. Si l'équitable & inflexible Hiſtoire, ſi la vérité inexorable mettent à ſon éloge des reſtriЯions ſévères, M. le Maréchal de Richelieu, ou n'admettoit point ces reſtriЯions, ou les reſtreignoit elles-mêmes conſidérablement, & ne vouloit voir dans un grand Homme ſon parent, que la grandeur & que la gloire. Gardons-nous de blâmer cette diſpoſition, ſous prétexte qu'elle ne ſeroit pas rigoureuſement juſte ; je craindrois bien plutôt qu'une indifférence coupable, nous détachant des vertus de nos pères, ne nous rendît trop étrangers à leur gloire. Le Poëte le plus philofophe & le plus aimable de l'antiquité défiroit que les illufions de l'amour s'étendiffent jufqu'à l'amitié ; qu'une heureufe erreur nous aveuglât fur les défauts d'un ami , comme fur ceux d'une maîtreffe , & que cette erreur s'appelât vertu. Qu'il en foit ainfi de la piété envers les parens ; qu'un peu d'excès & d'illufion foit permis dans un fentiment qui peut être la fource de tant de vertus : aimons nos aïeux , ou illuftres , ou fimplement vertueux ; voyons-les plus grands qu'ils n'étoient, pour devenir plus grands qu'eux , s'il eft poffible.

Combien vous devez aimer les vôtres , MONSIEUR ! combien doit vous être chère la gloire de ces illuftres Harcourts, qui , fous les premiers Valois , dans les champs de Crécy & de Poitiers, faifoient la deftinée de la France & de l'Angleterre ! Vous ne retrancherez point de cette race immortelle ce fenfible, ce redoutable Godefroi, tour à tour la terreur & l'appui du Trône, qui , armé contre des Maîtres injuftes , leur apprit à ménager des fujets néceffaires ; mais qui , plus intéreffant dans fon repentir, ramené promptement au devoir par le fpectacle d'un frère mort à fes pieds en défendant la patrie, fentit la patrie & la nature reprendre leurs droits dans fon cœur, s'empreffa d'expier des fuccès funeftes, par des exploits vertueux, & montra comment un grand Homme fait réparer une grande faute. Heureux fi de nouveaux orages..... Mais laiffons ces temps déplorables, où les droits étoient confondus, les talens égarés, les vertus déplacées.

Vous préférerez un autre exemple domeftique plus afforti à nos temps, à nos mœurs, aux vôtres, MONSIEUR ;

ce premier Duc d'Harcourt, qui fut si aimable pour être plus utile ; qui fit de l'art de plaire le grand art de négocier, qui ne dicta point le teftament du dernier Roi d'Efpagne Autrichien, mais qui l'infpira, en faifant aimer aux Efpagnols mêmes la France & fes Maîtres ; qui eut la gloire enfin d'éteindre pour jamais ces haînes nationales que la rivalité de Louis *le Cauteleux* & de Charles *le Téméraire* avoit fait naître, & que trois cents ans de guerre avoient nourries & envenimées. On cherche avec raifon des Ambaffadeurs qui faffent refpecter leur Nation ; ayons-en qui la faffent aimer ; c'eft là l'empire du monde, c'eft celui que nous affuroit à Madrid votre illuftre aïeul.

Combien, je le répète, combien on doit révérer de tels ancêtres ! qu'il eft heureux d'en defcendre ! & qu'il eft beau de leur reffembler !

www.ingramcontent.com/pod-product-compliance
Lightning Source LLC
Chambersburg PA
CBHW061604180626
46818CB00005B/1951